koby ne pleure jamais

Éric Simard

MiNi SYROS

Mini Syros Soon

Une collection dirigée par Denis Guiot

Aux parents de Cyrielle

Couverture illustrée par Stéphanie Hans

ISBN: 978-2-74-851383-7
© Syros, 2013

Chapitre 1

– Tiens ! Prends ça !
Ça faisait une heure que je recevais des coups de poing et des coups de pied, et le temps me paraissait long. Je n'avais pas eu de chance. Cette fois-là, on m'avait loué à un enfant cruel. Il criait :

– Défends-toi, Robot ZX, sinon je t'arrache un bras !

Comme je ne réagissais pas à ses coups, il a mordu sauvagement ma main en enfonçant ses dents le plus profondément possible dans ma peau artificielle. J'ai soudain ressenti quelque chose de désagréable. J'étais tellement surpris que je suis resté un long moment sans bouger. Un robot, normalement, ne perçoit pas la douleur. Le garçon s'est arrêté en me découvrant assis sur le sol, le visage grimaçant devant ma main abîmée.

– Papa! a-t-il crié.

Son père est arrivé. Il m'a examiné et a lâché:

– Incroyable... Ce robot souffre.

Il est parti en courant et a téléphoné à la société qui m'avait fabriqué.

Je ne le savais pas encore, mais j'étais devenu un « roboïde », c'est-à-dire un robot capable de ressentir la douleur. Mes créateurs avaient réussi à modifier mes programmes pour que je sois doté d'une sensibilité. Le jour où ils m'ont expliqué cette transformation, je leur ai dit avec ma voix métallique :

– S'il vous plaît, je voudrais aussi connaître les émotions comme la peur, la tristesse, la joie, la colère.

– Il ne faut pas exagérer, ont-ils rétorqué. Grâce à notre savoir-faire, tu as l'apparence d'un garçon et c'est déjà bien. Maintenant, tu peux même éprouver des sensations. Mais les émotions, elles, sont réservées aux humains.

J'avais été programmé avec cette phrase : « Tu es au service des humains et tu dois leur obéir », alors j'ai baissé les yeux et j'ai répondu :

– Excusez-moi, Maîtres, je ne vous ennuierai plus.

Ils ont ajouté :

– Désormais, nous ne t'appellerons plus « Robot ZX », mais « Roby ».

Si j'avais pu connaître la joie, j'en suis certain, j'aurais versé des larmes. Mais les roboïdes ne pleurent jamais.

Chapitre 2

Comme mes créateurs craignaient que je ne demande un jour à devenir leur égal, ils ont envoyé un nouveau message dans mon cerveau électronique : « Tu es inférieur aux humains et tu le resteras toujours. » Du coup, je croyais vraiment que je valais moins qu'eux. C'est ce qu'on appelle le « conditionnement ».

Si on regarde bien, c'est la même chose chez les humains. Si les adultes répètent à un enfant : « Tu n'es bon à rien, tu es nul », alors fatalement il finira par le croire et il aura du mal à avoir confiance en lui pour réaliser ses rêves. Vous n'êtes pas d'accord ?

Quand ils ont estimé que j'étais prêt, mes créateurs m'ont loué à un couple d'humains qui recherchaient un roboïde pour servir leur fille. Et là... tout a changé.

Son prénom était Cyrielle mais je devais l'appeler « Mademoiselle ». Elle avait la même taille que moi : un mètre cinquante-deux. Ses cheveux bruns mesuraient entre vingt et trente centimètres. Ses yeux étaient verts. Elle avait un grain de beauté situé à 2,3 centimètres de sa narine gauche. Dès que je l'ai vue, j'ai ressenti des grésillements sous ma peau artificielle. Ce n'était pas douloureux. Au contraire, c'était agréable.

Elle m'a dévisagé longtemps lorsque je me suis présenté, au point que je me suis demandé si je lui convenais. Mes circuits indiquaient que la couleur de ses émotions était le bleu sombre, ce qui correspondait à « Tristesse profonde ». Il était précisé que les humains qui succombaient à cette émotion choisissaient parfois de se « couper » du monde. Ce qui est certain, c'est que toutes mes tensions électriques ont augmenté quand elle a touché ma main, et ça, ça ne m'était encore jamais arrivé.

Je m'étais habitué à ce que mes maîtres m'appellent *Roby*. Pourtant, quand c'était elle qui prononçait mon nom, l'effet n'était pas le même. J'avais la sensation qu'un air frais m'enveloppait, alors que mes capteurs extérieurs annonçaient : « Température chaude, absence de vent. »

Chapitre 3

Dès ma première journée de location, on m'a demandé d'accompagner Mademoiselle à l'école. Son père a sorti une clé électronique qu'il a enfoncée dans ma nuque. De nouvelles informations ont intégré ma boîte crânienne et j'ai découvert le trajet.

– Cyrielle, n'oublie pas ton parapluie, a insisté sa mère. Et faites attention en traversant la route.

Si le moindre danger menaçait, je devais alerter ses parents grâce à mon émetteur.

La première fois que les élèves de sa classe m'ont vu, ils se sont précipités vers moi et m'ont interrogé :

– Alors, comme ça, tu es un roboïde ?

– *Oui. Je suis un roboïde.*

J'essayais de satisfaire leur curiosité du mieux que je pouvais. Soudain, l'un d'eux a demandé à Mademoiselle :

– Tu veux bien qu'il joue avec nous ?

– Oui, a-t-elle répondu. Ça lui fera du bien de s'amuser avec des garçons.

La bande m'a alors entraîné sous le porche.

– Tu as mal si je te pince comme ça ? a voulu savoir Bruce, leur chef.

– *Oui.*

– Et comme ça ? a insisté un autre en serrant ma peau plus fortement.

– *Oui, c'est douloureux.*

Bruce a tapoté mon dos et a dit en rigolant :

– Vous entendez les gars ? Ça sonne creux.

Ils voulaient me faire encore plus mal, mais j'ai été sauvé par la sonnerie de l'école.

Les pincements des garçons n'ont pas laissé de bleus sur ma peau parce que aucun sang ne coule dans mon corps. Je suis rempli de circuits et de fils. Ils m'ont ordonné de ne rien raconter à Cyrielle et, comme mon programme était d'obéir aux humains, je me suis tu.

J'attendais, assis sur un banc, que Mademoiselle finisse ses cours. Quand la pluie a commencé à tomber, j'ai levé la tête et ouvert la bouche pour attraper des gouttes. Toc, toc, toc... Ça tambourinait sur mon crâne. Les nuages jouaient du tam-tam sur mon front. Tout d'un coup, j'ai aperçu Mademoiselle qui s'agitait derrière la fenêtre de sa classe : elle m'adressait des signes pour que j'ouvre son parapluie. Elle ne voulait pas que je rouille. Alors je lui ai obéi.

Chapitre 4

À chaque récréation, je devais subir les mauvais traitements de Bruce et sa bande. J'étais leur souffre-douleur. J'aurais voulu en parler à Mademoiselle, mais mes persécuteurs me répétaient à chaque fois l'ordre de garder le silence.

Un soir, j'ai entendu des murmures dans la chambre de Cyrielle. Par l'entrebâillement de la porte, j'ai vu sa mère la prendre dans ses bras et la serrer contre elle intensément. C'était la première fois que je surprenais deux humains en train de se transmettre de la chaleur. Mes circuits ont crépité un peu.

Le lendemain matin, j'ai dit à Mademoiselle :
– *Vous en avez de la chance.*
– Pourquoi ?
– *Parce que vous avez une mère qui vous tient chaud. Un jour, j'espère que j'en aurai une comme la vôtre.*
Elle a pris un air grave et m'a confié :
– Roby, tu sais très bien que tu n'auras jamais de mère. Ce genre de chose est réservé aux humains.

J'ai fermé mes paupières et j'ai senti un courant glacial envahir mes circuits.
– Tu ne vas pas bien ? s'est-elle inquiétée.

J'ai détecté une baisse de tension dans tout mon corps. Cyrielle m'a alors déclaré :

– C'est étrange. Tu n'es pas comme les autres roboïdes que j'ai connus. Toi, j'ai l'impression que tu pourrais arriver à être triste.

– *Que veut dire exactement ce mot, Mademoiselle ?*

– On est triste quand on n'est pas aimé ou qu'on a l'impression d'être seul au monde, ce qui revient au même. Il faut que tu saches une chose, Roby : les deux adultes qui t'ont loué ne sont pas mes vrais parents. Ils ont eu la gentillesse de m'accueillir chez eux. Comme ils n'ont pas d'enfants, ils t'ont fait venir pour que tu me tiennes compagnie.

– *Vous pouvez compter sur moi, Mademoiselle. Je serai toujours là pour vous servir.*

On a attendu tous les deux, l'un à côté de l'autre, sans rien dire. Je comptais les battements de son cœur.

Chapitre 5

Le courant passait bien entre Mademoiselle et moi. J'étais son compagnon de jeu permanent. Elle se mesurait à moi dans des parties de cartes et je lui servais d'adversaire au ping-pong. Ma mission était simple : j'étais à son service.

Un jour, elle apprenait une leçon d'histoire quand je suis entré dans sa chambre pour lui apporter un jus d'orange.
– Roby, on me demande ce qui s'est passé en l'an 1111 et je ne trouve pas. Tu as une idée ?

J'ai cherché dans mes mémoires... en vain. Soudain :

– *Je sais, Mademoiselle. En 1111 a eu lieu l'invasion des « 1 ».*

– Non, Roby. Les Huns et leur chef Attila n'ont pas essayé d'envahir la Gaule en 1111, mais en...

Elle s'est interrompue et a répété en elle-même : « Invasion des Huns, invasion des 1... »

– Tu es incroyable ! s'est-elle exclamée en comprenant mon jeu de mots. Tu peux faire de l'humour... comme nous.

– *Oui, Mademoiselle, mais je suis inférieur aux humains parce que je suis un roboïde.*

– Roby, il faut qu'on parle sérieusement tous les deux.

Elle m'a montré sur son logiciel d'histoire des humains presque nus chassant un mammouth avec des piques.

– Nous n'avons pas toujours été comme nous sommes aujourd'hui, m'a-t-elle expliqué. Nous autres humains avons vécu autrefois de façon très rudimentaire.

Elle a ensuite lancé un diaporama et j'ai vu passer une image terrible : un homme torturant un autre homme. J'ai aussitôt pensé aux violences que les garçons de l'école m'infligeaient. Elle a dû percevoir ma réaction parce qu'elle m'a dit ceci :

– Un humain digne de ce nom ne fait pas ça. Mais il y en a qui ne vont pas bien dans leur tête. Tu vois, Roby, ce qui m'énerve en histoire, c'est qu'on nous oblige à apprendre les dates de guerre plutôt que les dates de paix.

J'ai remarqué une feuille posée sur sa table et j'ai lu *Poésies d'amour*. Elle m'a confié :

– Ce sont des poèmes que je trouve sur Internet. Je note ceux que je préfère.

Écoute celui-ci : « Tu peux dire à la Terre d'arrêter de tourner, tu peux dire aux oiseaux d'arrêter de voler, mais ne dis jamais à mon cœur d'arrêter de t'aimer. » Il te plaît ?

– Je n'ai pas d'avis, Mademoiselle. Tout ce que je sais du verbe « aimer », c'est que les humains l'emploient à des occasions très différentes. Par exemple, vous dites que vous aimez les frites et aussi que vous aimez votre papa et votre maman. On pourrait croire que vous aimez vos parents avec de la mayonnaise...

Cyrielle m'a souri.

– Si je comprends bien, tu n'es pas sensible à ce poème.

– J'espère qu'un jour je le serai, si mes créateurs acceptent d'améliorer mes programmes, s'ils me permettent de connaître les émotions et les sentiments.

– Tu sais quoi ? Aujourd'hui, Bruce et sa bande m'ont dit qu'ils ne voulaient plus entendre de poésie en cours. Ils prétendent que ça ne sert à rien.

– *Ce sont eux qui décident ?*

– Non, c'est la maîtresse. Mais ils menacent les élèves qui refusent de leur obéir. Bruce aurait dû s'appeler « Brutus ». Il se prend pour un petit chef. Pff... Il s'imagine qu'il me fait peur ?

Le lendemain, à l'école, Bruce et ses copains ont encore demandé à Mademoiselle si je pouvais participer à leurs jeux.

– Non ! a-t-elle répondu fermement.

Elle en avait assez d'eux. Malheureusement pour moi, ils m'ont attrapé pendant qu'elle était aux toilettes.

– Tu as mal quand je découpe ta peau avec la pointe de mes ciseaux ? m'a lancé Bruce avec un sourire sadique.

– *Oui, j'ai mal.*
– Et quand j'enfonce cette épingle sous ton ongle, a insisté une fille qui s'était jointe au groupe, tu souffres ?
– *Oui, je souffre beaucoup.*
– Tu ne diras rien à Cyrielle. Ni à elle ni à personne. Compris ?
– *Vous m'ordonnez et j'obéis*, ai-je répondu en inclinant la tête.

Jamais Bruce et sa bande n'avaient été aussi cruels. Comme il m'était interdit de réagir contre un humain, j'ai encore subi sans rien dire. Mais cette nuit-là, quand je me suis mis en veille, des images ont envahi mes écrans intérieurs. Les silhouettes de Bruce et de ses complices me torturaient. Alors j'ai fait ce que je n'avais pas pu faire pendant la journée : je me suis débattu et je les ai chassés.

Chapitre 6

Les parents d'accueil de Cyrielle m'avaient aménagé une chambre dans leur arrière-cuisine. J'étais content... Seul le bruit de la machine à laver m'indisposait.

Une nuit, alors que cet appareil était en mode « pause », j'ai entendu des sanglots provenant de l'extérieur. Je me suis hissé sur le bout des pieds et j'ai aperçu, à travers la fenêtre, Mademoiselle, recroquevillée sous le cerisier du jardin, sa tête entre les genoux. Je suis aussitôt sorti et je me suis assis à côté d'elle. Elle tenait la photo de deux adultes entre ses mains. J'ai déclaré :

– *Je suppose que ce sont vos parents ?*

Elle a acquiescé et a levé son bras pour désigner la planète rouge qui brillait dans le ciel.

– Ils sont là-bas, sur Mars. Ce sont des chercheurs. Ils essaient de découvrir les mystères de l'univers. Mais les mystères de mon âme, ils s'en fichent pas mal.

J'ai augmenté l'intensité de mes circuits pour souffler un air chaud sur ses yeux. Ils ont séché. Puis je lui ai dit :

– *Peut-être qu'en ce moment ils regardent la Terre en pensant à vous ? Peut-être qu'ils se demandent ce que vous faites ?*

Elle a haussé les épaules.

– Ils ont dit qu'ils allaient revenir, mais ça fait déjà trois ans. Je les déteste. J'ai envie qu'ils meurent.

Sur mon écran intérieur se sont affichés :

« Très grande colère » et « Désespoir ».
Alors j'ai tenté :

– *Je peux emprunter votre photo ?*
– Pour quoi faire ?
– *Vous allez voir...*

Je l'ai saisie entre mes doigts et mes yeux l'ont scannée. Puis mes pupilles ont envoyé deux rayons laser juste devant ses pieds, et les silhouettes miniatures de ses parents (de la taille de poupées) se sont animées. Ils chantaient : « Bonjour chérie. On pense à toi. On va bientôt rentrer. »

Cyrielle n'en revenait pas.

– Tu sais en faire des choses... Tu pourras faire apparaître les images de mes parents chaque fois que je te le demanderai ?

– *Bien sûr. Pour vous, je serai capable de faire apparaître tout ce que vous voudrez, pourvu que ça sèche vos larmes.*

Elle m'a longuement observé et m'a confié :

– Roby, tu es tellement sensible que tu devrais essayer d'écouter ton cœur au lieu d'obéir aux hommes comme un esclave.

C'était la première fois que quelqu'un me parlait d'un « cœur » existant à l'intérieur de mon corps. Je me suis dit que cela devait désigner tous les capteurs sensibles et les logiciels intelligents interconnectés dans mon thorax.

– J'ai envie de danser, s'est-elle soudain exclamée. Tu as de la musique dans tes circuits ?

– *Oui, Mademoiselle. Je peux vous proposer...*

– Mets ce que tu veux du moment que ça swingue.

J'ai choisi « Scoubidoubidou », un vieux

tube du siècle dernier. Elle s'est levée et a commencé à gesticuler.

– Viens, Roby! Viens!

– *Mais... Mademoiselle...*

– Arrête de m'appeler Mademoiselle. Appelle-moi Cyrielle.

– *Je n'ai pas le droit, Mademoiselle.*

– Tu m'agaces avec tes «Je n'ai pas le droit». Fais comme moi, regarde... Remue ton popotin.

Nous avons dansé comme deux lutins sous la lune. J'avais l'impression que les étoiles swinguaient avec nous. Au bout d'une heure, elle s'est affalée, épuisée, dans mes bras. Je ne savais pas quoi faire.

– *Mademoiselle... vous dormez? Réveillez-vous...*

Pas de réponse. Alors je l'ai portée jusqu'à sa chambre et je l'ai déposée sur son lit. C'était agréable de sentir son corps contre moi. Normalement, j'étais programmé pour calculer automatiquement le poids de tout ce que je soulevais, mais là, je ne l'ai pas fait. Je devais avoir mes circuits ailleurs.

Quand je me suis recouché, la machine à laver était toujours en marche. Mon «cœur» battait au rythme de son tambour.

Chapitre 7

Quelques jours plus tard, pendant une récréation, Bruce s'est approché de Mademoiselle et il lui a lancé :

– Dis donc, on t'avait prévenue qu'on ne voulait plus entendre de poèmes en classe. Tu nous as cassé les oreilles avec cette histoire de cage et d'oiseau.

– Personne ne m'empêchera de lire des poèmes, a riposté Cyrielle.

Un garçon de la bande s'est avancé et a dit :

– Ce n'est pas parce que tes parents ne

t'aiment pas que tu dois te venger sur les autres !

J'ai pété un câble et grillé un régulateur de tension. Mes voyants lumineux s'affolaient. Pour la première fois dans ma vie de roboïde, j'ai réagi :

– *Vous n'avez pas à parler comme ça à Mademoiselle.*

– Dégage ! m'a ordonné Bruce.

Deux messages se sont télescopés dans mon cerveau électronique : « Je dois obéir aux humains » et « J'écoute mon cœur ». Le second l'a emporté. Mais au moment où j'ai armé ma main, Cyrielle m'a averti :

– Ne bouge pas, Roby. Si tu les frappes, tu seras désactivé.

– Vous avez vu, les gars ? a ironisé Bruce. Le roboïde a serré ses petits poings.

Les autres ont ri. Il a insisté :

– Dis donc, machin, il paraît que tu as deux fils qui se battent en duel dans ce qui te sert de cerveau?

J'ai rétorqué:

– *C'est mieux que le vide qui règne dans le tien.*

Les yeux de Bruce sont devenus rouges. Il s'est approché à dix centimètres de mes orbites et m'a envoyé:

– Écoute-moi bien: tu n'es qu'une caisse remplie de vis et de boulons. Alors, écrase-toi, boîte de conserve!

Je ne me suis pas laissé démonter... J'ai concentré tout mon influx électrique dans ma main droite et j'ai frappé Bruce tellement fort qu'il a décollé pour retomber à trois mètres de là, dans un taillis. En réponse, ses copains se sont jetés sur moi et m'ont roué de coups. J'ai cramé les cheveux de l'un d'eux avec les rayons laser de mes yeux. J'ai frappé, frappé en me souvenant des griffures et des piqûres que la bande m'avait infligées. Mais que c'était dur ! On peut avoir un squelette en fer et connaître l'enfer... Mademoiselle a tenté d'intervenir, hélas ils étaient trop nombreux. La bande m'a ligoté et enfermé à double tour dans un placard de l'école. Les douleurs, je pouvais les sentir, mais toujours aucune larme ne sortait de mon corps.

J'avais commis un acte grave en frappant des humains. Selon la loi, j'aurais dû être définitivement désactivé, mais les services de sécurité étaient partagés. Certains voulaient m'envoyer à la casse, d'autres voulaient que je sois jugé. Tout dépendait si on me considérait plus proche des robots ou des hommes. Après une semaine de discussions mouvementées, les juges et les ingénieurs ont tranché. Ils ont décidé que j'aurais un procès puisque j'avais eu une réaction humaine : je m'étais mis en colère. Pour moi, c'était une grande victoire.

Mademoiselle m'a rendu visite dans la prison où j'étais détenu. Quand elle est apparue, j'ai senti mes lèvres dessiner un sourire. C'était étrange. Ce mouvement est arrivé sans que je le commande. J'ai remarqué qu'elle-même était surprise. Elle m'a demandé si j'étais bien traité. Je lui ai répondu que oui pour ne pas la peiner. Soudain, elle a baissé la tête. Ce n'est que lorsqu'elle l'a relevée que je me suis rendu compte qu'elle pleurait.

– C'est plus fort que moi, a-t-elle dit.

Je lui ai proposé :

– *Vous voulez que je fasse apparaître vos parents ?*

– Non, je te remercie.

– *C'est plutôt bien que les hommes me fassent un procès. Si je meurs, au moins je mourrai en humain.*

Cyrielle a baissé les yeux.

– Ça t'est égal de quitter ce monde ?

– *Depuis ma création, je vis avec l'information que mes circuits s'éteindront un jour ou l'autre. C'est inscrit dans mes programmes.*

– Si tu meurs, on sera séparés pour toujours.

Mes capteurs ont détecté « Très grande tristesse ». Alors j'ai répondu :

– *Ne vous inquiétez pas, Mademoiselle, mes créateurs proposeront à vos parents d'accueil un autre roboïde.*

Elle a soupiré :

– Roby, tu ne comprends rien...

Soudain, deux surveillants de la prison sont entrés :

– C'est terminé, a déclaré l'un d'eux d'une voix stricte. Sortez, Mademoiselle !

J'ai protesté :

– *Non, attendez... Laissez-nous ! Nous n'avons pas fini !*

– Tais-toi, le roboïde !

Ils m'ont soulevé de terre et emporté hors du parloir. Je hurlais :

– *Cyrielle ! Cyrielle !*

Je l'ai entendue crier :

– Roby !

Puis plus rien. Je me suis « réveillé » dans ma cellule. J'étais tellement désespéré que j'ai cogné plusieurs fois ma tête contre le mur. Mes voisins m'ont dit d'arrêter parce que je faisais un bruit de casserole.

Chapitre 8

Deux jours plus tard, on m'a introduit dans la salle d'un tribunal devant une foule de journalistes. Le public était nombreux. J'ai reconnu mes créateurs au premier rang. Ils devaient être embarrassés par ma situation car ils n'étaient pas venus me voir en prison. J'ai senti des étincelles dans mon « cœur » quand j'ai aperçu Cyrielle au troisième rang avec ses parents d'accueil. Elle semblait pétrifiée. Six humains étaient assis sur le côté et j'ai compris qu'il s'agissait des jurés, ceux qui allaient décider de mon sort. On m'a demandé de me présenter. J'ai déclaré :

– *Je m'appelle Roby.*

– Roby quoi ?

– *Roby tout court.*

– Te considères-tu comme un être humain ou comme une machine ?

– *Comme un être au service des autres.*

Un avocat était chargé de me défendre. Il s'est brusquement tourné vers moi et m'a interrogé :

– Roby, tu sais qu'un roboïde ne doit jamais lever la main sur un humain, sauf si la vie de l'humain qu'il doit servir est en danger.

– *Oui.*

– Bruce et ses camarades ont-ils menacé la vie de Cyrielle ?

– *Non.*

– Donc, en frappant Bruce et ses camarades, tu savais que tu enfreignais nos lois ?

– *Oui.*

– Tu savais que, en les frappant, tu risquais d'être «désactivé»?

– *Oui.*

– Pourtant, tu l'as fait?

– *Oui.*

– Donc, tu as agi en sachant que tu pouvais perdre la «vie»?

– *Oui.*

– Parce que quelque chose de plus important que ta «vie» était en jeu?

– *Oui.*

– Qu'était-ce?

J'ai réfléchi, j'ai tourné la tête vers le public et j'ai lâché:

– *Ce qui était en jeu*, c'était ma dignité de roboïde.

J'ai vu des froncements de sourcils dans l'assemblée. Des gens ont même poussé des «oh!» scandalisés.

– Merci pour ces éclaircissements, m'a dit l'avocat.

À voir la tête des jurés, mon sort était fixé. Ils s'attendaient à quoi ? Que je leur demande pardon, que je reconnaisse que je n'aurais pas dû frapper les garçons ?
– Le jury va délibérer, a déclaré le juge. Mais, auparavant, quelqu'un dans la salle a-t-il quelque chose à ajouter ?
– Moi... a retenti une petite voix.

Tous les regards se sont braqués sur Cyrielle qui s'avançait dans l'allée centrale.
– Qu'avez-vous à nous dire, Mademoiselle ? a demandé le juge.
– Je veux lire un poème que j'ai écrit, a-t-elle annoncé.
– Allons bon... a soupiré le juge. Vous voulez transformer ce tribunal en « Maison de la poésie » ?

Le public a ri. Mais Cyrielle a tenu bon. Elle a attendu que le silence revienne et a lu devant l'assemblée :

POUR FAIRE LE PORTRAIT
D'UN ROBOÏDE
Poème à la manière de Jacques Prévert, d'après « Pour faire le portrait d'un oiseau[1] »

Peindre d'abord une cage métallique
avec une place pour le cœur
chuchoter ensuite
quelque chose de sensible
quelque chose de joli.
Quand le cœur arrive
s'il arrive
observer le plus profond silence

---

1. Jacques Prévert, *Paroles*, 1945, © 1972, éditions Gallimard.

*attendre qu'il entre dans la cage
et quand il est entré
fermer doucement la porte avec
   le pinceau.
Peindre ensuite la peau artificielle
en choisissant la plus belle teinte.
Ne pas oublier le fil des sentiments
la mécanique des rêves
et puis attendre que le roboïde
   se décide à sourire.
S'il ne sourit pas
c'est mauvais signe
signe que le portrait est mauvais
mais s'il sourit c'est bon signe
signe qu'il peut aimer.
Alors vous déposez tout doucement
le bonheur sur ses lèvres,
et son cœur à jamais
battra pour vous.*

Un silence a régné pendant de longues secondes. Le public restait muet. Cyrielle a terminé son poème par ces mots :

Roby, je t'aime.

Des cris d'indignation ont retenti. Soudain, des doigts se sont tendus vers moi :
– Regardez, le roboïde pleure !

Chapitre 9

J'ai été déclaré innocent par les jurés par quatre voix contre deux. À la lecture du verdict, certains humains ont applaudi, d'autres m'ont hué. Cyrielle a couru vers moi et m'a serré dans ses bras. Que c'était bon de sentir sa chaleur! Puis elle a déposé un baiser sur ma joue. Mon premier baiser! Quand elle a prononcé ces trois mots: *Roby, je t'aime*, quelque chose s'est ouvert en moi que je n'avais encore jamais soupçonné. Comme une boule de feu qui gonflait à partir de mon cœur et prenait la taille de l'univers... À cette seconde précise, j'ai connu le sens du mot «bonheur».

Après le procès, mes créateurs ont annoncé que je ne leur appartenais plus, que je pouvais voler de mes propres ailes. Six mois plus tard, Cyrielle et moi avons créé l'AMOUR, l'Association contre la Maltraitance, l'Oppression et l'Utilisation des Roboïdes. Nous voulons que certaines lois changent, que les programmes de conditionnement du genre «Tu es inférieur aux humains et tu le resteras toujours» soient supprimés.

Demain, Cyrielle va accueillir ses parents qui reviennent de Mars. Je la sens très inquiète. C'est normal. Ça fait si longtemps qu'elle ne les a pas vus. Et puis elle va me présenter à eux. Ils savent que leur fille a déclaré son amour à un roboïde. C'est sûrement pour cela qu'ils ont précipité leur retour. Comment vont-ils se comporter vis-à-vis d'elle, vis-à-vis de moi ?

– Ils n'ont pas intérêt à me faire des remontrances, répète Cyrielle à qui veut l'entendre.

Pour qu'ils comprennent ce qui s'est passé, je leur offrirai le petit livre que j'ai publié. Il est entre vos mains et s'intitule *Roby ne pleure jamais*.

L'auteur

Éric Simard est l'auteur d'une série fantastique qui connaît un grand succès: *Le souffle de la pierre d'Irlande* (éditions Magnard). Les thèmes du rejet ou de la tolérance sont présents dans la plupart de ses récits. Pour en savoir plus sur ses livres, consultez son site: www.ericsimard.net

Du même auteur, aux éditions Syros

Pour les plus jeunes:
On a volé mon vélo, coll. «Mini Syros Polar», 2000
L'Enfaon, coll. «Mini Syros Soon», 2010
Robot mais pas trop, coll. «Mini Syros Soon», 2010
Les Aigles de pluie, coll. «Mini Syros Soon», 2011
Allô Jésus, ici Momo, coll. «Mini Syros Romans», 2013

Pour les plus grands:
L'Arche des derniers jours, coll. «Soon», 2009
Aylin et Siam, «Le Cycle des Destins», hors-série, 2013
Thanos et Jewell, «Le Cycle des Destins», hors-série, 2014
Les Ailés, «Le Cycle des Destins», hors-série, 2015

Dans la collection
« Mini Syros Soon »

Le Très Grand Vaisseau
Ange

Toutes les vies de Benjamin
Ange

L'Enfant-satellite
Jeanne-A Debats
Prix littéraire de la citoyenneté 2010-2011

L'Envol du dragon
Jeanne-A Debats
Prix Cherbourg-Octeville 2012

Rana et le dauphin
Jeanne-A Debats

Opération « Maurice »
Claire Gratias
Prix Salut les bouquins 2011

Une porte sur demain
Claire Gratias

Mémoire en mi
Florence Hinckel

Papa, maman, mon clone et moi
Christophe Lambert

Libre
Nathalie Le Gendre
Sur la liste de l'Éducation nationale

Vivre
Nathalie Le Gendre

À la poursuite des Humutes
Carina Rozenfeld
Prix Dis-moi ton livre 2011

**Moi,
je la trouve belle**
Carina Rozenfeld

**Série « Les
Humanimaux »**
Éric Simard
L'Enfaon
Sur la liste de
l'Éducation nationale
Prix Livrentête 2011
Prix Dis-moi ton livre 2011
Prix Lire ici et là 2012
Prix Passeurs de témoins 2012
Prix Livre, mon ami 2012
**L'Enbaleine
L'Enbeille
L'Encygne**

**L'Engourou
L'Enlouve
L'Enperroquet**

**Robot
mais pas trop**
Éric Simard
Prix Nord Isère 2011-2012

**Roby ne pleure
jamais**
Éric Simard

**Les Aigles
de pluie**
Éric Simard

Loi n° 49-956 du 16 juillet 1949
sur les publications destinées à la jeunesse,
modifiée par la loi n° 2011-525 du 17 mai 2011.

Mise en pages: DV Arts Graphiques à La Rochelle
N° d'éditeur: 10251762 – Dépôt légal: août 2013
Achevé d'imprimer en janvier 2019
par Clerc (18200, Saint-Amand-Montrond, France)